DEUTSCHER LYRIK VERLAG (DLV)

Miri Oscher

Ich bin bereit für diese Welt

Emotionen

Momente einer Beziehung

deutscher lyrik verlag (dlv)

Es gibt einen Fluss, der zwischen uns fließt.
Seinen Namen kenne ich nicht.
Das Wasser ist ein Elixier,
das uns vom Schicksal gegeben wird.
Einfach nur so, weil wir sind.
Wir geben Wasser einen Sinn.
Wir trinken etwas davon,
wenn die Zeit es uns erlaubt,
genießen den Moment, der uns den Atem raubt.
Wir gehen übers Wasser, um Nähe zu erfahren.
Dem Glück begegnen in der Mitte,
weil wir uns trauen und vertrauen.
Weil jeder einem anderen die Liebe schenkt,
nichts erwartet,
und trinkt das Wasser – das Lebenselixier.
Ich kenne einen Fluss, der zwischen uns fließt.
Der uns verbindet, weil wir so sind, einfach nur so.

Mich stören Tage ohne dich,
als ob sie ihren Sinn verloren hätten.
Es ist dein Geist, der meine Zeit zum Stehen zwingt,
und macht den Raum gleich unendlich.

Mir fehlt der Halt und der Inhalt,
die Freiheit, wenn ich mich
auf das Alleinsein einstimmen muss.
In meiner großen Welt, um im Hier und Jetzt zu sein,
es gibt nichts, was ich noch so stark vermissen würde.

Mich stören Stunden ohne dich.
Ich weiß, es geht in diesem Leben gar nicht anders.
Die Welt um mich herum ist halb erfüllt
mit tiefem Sinn des anderen.

Gedanken können nicht ersetzen,
was ich erlebe, wenn deine Hand
meinen Geist berührt.
Ich bin in diesem ewigen Verlangen,
um das Verständnis und das Glück,
ein »wahrer Mensch«.

Was »spricht« in mir, wenn ich die Welt nicht mehr
mit meinen Augen wahrnehme?
Wenn ich zu dir die Nähe suche und gleich erlebe,
was es bedeutet, sich zu »ergeben« …
für eine kleine Ewigkeit.

Wenn du in meinen Armen liegst,
und meine Hände, meine Lippen
vom unsichtbaren Geist getrieben
nach Wundern dich durchsuchen.
Im tiefsten Nichts
entstanden einst die kleinsten Blitze.
Wie Sterne flackern sie auf und ab,
verfolgen Gefühl und Geist der Liebe.

Was du nicht weißt, ist,
meine Welt ist für mich ab jetzt geschlossen.
Die Hektik meines Ichs übt wieder Ruhe aus,
und Lippen wandern durch dein Gesicht.
Sie geben sich nicht ganz entschlossen.
Sie suchen bei dir einen Ort, wo mein Gefühl
auf den Körper trifft,
wenn der Geist nicht in der Lage ist, sich selbst im
Ganzen zu empfangen.
Du bist erstarrt und lässt die Suche
über dich ergehen,
meine Küsse sind voller Leidenschaft
auf das Geschehen.

Wie einfach es ist in dieser Zeit,
sich selbst zu vergessen,
um mich in der Macht deiner Augen
und Hände zu erleben.

Wie einfach es ist, Gefühle,
die du mir aufschreibst, anzunehmen.
Es existiert um uns herum gar nichts.
Nur tiefe Stille.

Was spricht in mir, wenn ich mich
für diesen Augenblick vergesse?
Es lebt nur die Leidenschaft,
in der wir uns im Moment noch tausendmal
auf einer Ebene begegnen.

Es gibt hier etwas, was mir in dir begegnet.
Was ich nicht greifen und nicht begreifen kann.
Vielleicht ist das das Geheimnis deines Wesens?
Oder Gedanken haben mich erneut verfolgt?

Was mich berührt,
wenn meine Sinne nach dir verlangen,
und jeder Tag mit dir beginnt.
Was mich mit dir vereint,
wenn die Gefühle durch mein Wesen wandern,
und finden nur bei dir den Ausgang.

Wie oft versuche ich, es zu erahnen,
was mir im Leben nicht gehört.
Vermutungen, Vorahnungen
beherrschen dieses Leben,
sie geben uns darin scheinbaren »Halt«.
Sie kommen »heim«, wenn ich im Leben
etwas nicht begreife,
wonach ich strebe in Zeiten der Verwirrung
und der Einsamkeit.

Es hilft nur wenig, im Jetzt und Hier zu bleiben,
vergeben und vergessen, damit die Ruhe wiederkehrt.
Vermutungen, Vorahnungen begleiten unser Leben,
entreißen uns der Gegenwart.

Doch will ich nicht dich und mich
damit »bekleiden«,
in diese Falle tappen,
und meine Seele damit verhaften.

Dem Muster folgen, das mir
eine scheinbare Sicherheit beschert.
Doch will ich mich nicht darauf ausruhen
und hoffen, ich hätte recht gehabt!

Ich nehme dich nur ganz und einzigartig wahr,
wie du dich zeigst und lebst und liebst
und wie du von mir träumst, wenn wir getrennt
den Tag erleben müssen.
Für diesen Augenblick des Lebens,
wenn die Umstände stärker sind
als alle Wünsche, dich zu sehen.
Wenn meinem Leben das Gefühl der Liebe fehlt.

In meinem Universum leuchten Sterne.
Es gibt hier etwas, was mir in dir begegnet.
Es bleibt für mich für immer ungreifbar.

Lass uns die Zeit miteinander genießen.
Nicht mehr nachdenken: warum und wieso.
Einmal nichts wünschen und alles hochpreisen,
als ob wir mitten im Glück wären.

Lass uns die Zeit miteinander annehmen,
was uns erfüllt und nicht mehr loslässt,
es überwältigt, bis zu den Tränen,
macht uns unendlich,
wenn auch nur kurz, für diese Zeit.

Lass uns einander nichts mehr versprechen,
ohne Erwartung auf irgendein Glück.
Ewig lieben und ewig atmen,
das wissen wir selbst, können wir nicht.

Lass uns unsere Geister vom Bauch regieren,
lieb und naiv, wie es ein Kind eben tut.
Fröhlich und offen Gefühle empfangen,
so weiß ich genau, nur sie haben recht.

Lass uns Sonne und Mond stets begleiten,
als ob sie unsere Eltern wären.
Wärme und Kälte dankbar empfangen,
Ärger und Frust, sie gehören zu uns.

Lass uns vom Apfel der Unschuld kosten,
Süße und Säure, so wie er eigentlich schmeckt.
Dieses Gefühl von Einheit und Vertrauen
wird uns begleiten,
bis in den Tod.

Lass uns die Fehler mit Freude empfangen.
Sie sind sehr klug und alt wie die Welt.
Sie kommen gelegen, wenn wir sie brauchen,
öffnen uns die Augen für eine andere Welt.

Lass uns entkommen der Hektik des Tages,

uns ausziehen bis zum Kern.
Eigene Rollen verlassen für immer,
sein wie die Götter, wenn auch nur kurz.

Lass uns vor nichts und niemandem schrecken.
Wir sind zusammen wie Leben und Tod.
Sie sind in uns und sie sind da draußen,
sie bringen uns sicher in den Eden zurück.

Lass uns so sein, wie wir eigentlich sind,
wütend und traurig, tot und lebendig,
ehrlich mit sich, auch wenn es stark schmerzt.
Erde und Himmel sollen erst warten,
unsere Zeit gehört nur uns.

Lass uns die Begeisterung nie aufgeben,
als ob sie unser Atem und Licht wäre.
Wenn es geschieht in unserem Leben,
sind sie das Feuer, das die Liebe erhellt.

Lass uns jetzt schweigen.
Die Worte sind Perlen, sie rollen dahin,
wo Verstand sie empfängt.
Sie tragen die Träume, die wir erst einsammeln,
für unsere Liebe, für unsere Welt.

Ich kann nicht verstehen,
warum die Stille uns verbindet.
Bevor Gott die Erde schuf,
war diese Stille grenzenlos.
Sie hatte keine Form und keinen Geruch.
Und niemand zweifelte daran.

Ich bin jetzt still.
Ich fühle nach, ob alles wahr gewesen ist.
Als ob es kein Traum war,
als ob es das Leben wäre.
Und wenn der Tag beginnt,
und das erste Wort Verstand erweckte,
es wirkt alles unbekannt, wonach ich früher lebte.

Es ist der Zugang zu einer Welt,
die mir erst verschlossen blieb.
Die du für mich geöffnet hast,
die Tür leicht angestoßen.
Als ob ein unbekannter Geist herabgestiegen wäre.
Mein altes Leben nahm er mit,
dafür gab er mir ein neues.
Ich hätte gerne die Energie noch gespürt,
die uns verbindet.
Still wurde es zwischen uns, in uns,
als ob sich etwas findet.

14

Der Herbst im Winter,
nicht draußen, sondern innen.
In meinem Kopf, in meinem Herzen soll es regnen,
stark und entschlossen, wie gerade eben.
Die nasse Kälte soll mich wachrütteln.
Der Wind kann meine Gefühlen durchschütteln.
Das Wasser soll meine Seele reinen.
Die Zweige möchten mich in den Armen halten.
Mein Herz soll nicht eisig bleiben,
ich will mich von Altem befreien.
Der Regen kann mir dabei helfen.
Mit seinen Tränen ist er allmächtig.
Das Wetter trübt nicht mehr meine Sinne,
da ich selbst der Regen bin.
Da meine Gefühle des Windes Geheul sind.
Ich möchte schon lange wie ein Baum
im Regen stehen und nicht davon weggehen.
Wie Gottes Segen ist für mich der Regen.
Das Zweigengeflecht auf dem Himmelbett
wird von dem Wind geschaukelt,
bevor die Ruhe wiederkehrt.
Es ist ein schwerer Regen.
Er kommt unpassend, ungewollt.
Ich kann mich nur ergeben.

Deine Zeilen sind so schön wie unser Schweigen,
während wir zusammen sind.
Mit meinem Geist versuche ich, dich zu begreifen,
dich in meiner Tiefe zu erleben.
Ein jedes Mal, wenn wir uns begegnen,
bleibt mir die Erinnerung an dich lebendig.
Die Zeit mit dir lässt mich kaum los.
Sie kommt ja immer wieder hoch,
in Träumen und Gedanken, real und irreal.
Vielleicht ist es das Ende oder der Anfang von etwas,
was ich nicht begreifen kann, verbal und nonverbal.
Es steigt nach oben, bis zum Hals.
Es endet in der heißen Welle,
die mir den Atem bremst.
Wo ich nur »Opfer« der Emotionen bin,
die ich so gerne lebe.

Ich bin dankbar für deine Nähe und deinen Abstand,
für deine Hände und für deinen Atem.
Ich weiß es nicht, was sagt mir mein Verstand?
Das Herz bleibt still, Gefühle können warten.
Vielleicht ist es ein Atemzug,
der schweigend zur Ewigkeit gleich wird.

Es ist vorbei, wie Tag und Nacht vergeht.
Mir macht es nichts,
ich nehme es gelassen an.
Und sage jedes Mal auf Wiedersehen,
bevor die Nacht uns wieder mal vereint.

Meinen Zweifel werde ich zerstreuen.
Mein Schmerz, ihn halte ich von mir fern.
Ich lebe jetzt, ich werde nichts bereuen,
für große Liebe, für die Ewigkeit.
Ich möchte innehalten.
Kein Laut dieser Erde erscheint mir
dieser Tiefe ehrenwürdig.
Die Worte sind dort Fremdgestalten.
Die Tiefe lebt im Stillen.
Dort gibt es einen leisen Weg
zurück zum Ursprung.
Am besten würde ich dort bleiben.
Nur die Musik ist dazu in der Lage, so tiefzugreifen,
wo die Gefühle gerade schweigen.
Wo Wärme noch nachhält,
ist diese grenzenlose Raumzeit.
Die Worte werden das Gefühl zerstören.
Sie sind wie Schläge. Nicht dafür geboren.
Ich kehre oft zurück, wenn ich darüber nachdenke.
Ich fühle oft danach, weil ich es merke.
Dich nehme ich gerne dorthin, wo es diese Tiefe gibt.
Wo du allein mit deiner Seele spüren kannst,
wie schön es ist, in diese Welt geboren zu sein.
Es fühlt sich anders an als reine Liebe.
Was ist das? Muss ich weiterirren?

Ich lege schönen »Schmuck« jetzt ab.
Ich will ihn nicht mehr tragen.
Wie schön er auch ist,
so schwer wird der Umgang damit
an manchen Tagen.
Die schönen Liebesperlen funkeln
gleich wie Diamanten,
die ich nur halten kann und nicht behalten darf.
Und wenn die Zeit vergeht,
das Funkeln und der Schimmer schwinden.
Aus Diamanten werden Kieselsteine,
so wie ein Traum, der nie zur Wahrheit wird.

Ich kann es für mich nicht verantworten.
Ich weiß nicht, was morgen kommt.
Ob wir zusammenbleiben, oder gehen fort.
Du weißt es auch nicht.
Ob uns die Sterne, Steine
und die Welten auseinanderreißen.
An das zu denken fällt mir schwer,
weil ich dich lieb gewonnen habe.
Die Diamanten funkeln weiter … Wie lange?
Es ist uns unbekannt.
Mein Leben trifft auf dein,
mit all seinen Niederlagen.

Ich habe ein Gefühl, du bist jetzt nicht allein.
Warum verfolgt mich dieser Aberglaube?
Ich frag dich nicht, es ist mir jetzt egal.
Und morgen?
Werde ich dich wieder brauchen.

Warum plagt mich der Zweifel jetzt erneut?

Ich spüre was, oder erahne etwas?
Ob es nur aus mir kommt,
und als ein Gedankenrätsel
aus dem alten Leben wieder auftaucht?

Es scheint für dich komplett egal zu sein:
wo ich jetzt bin, mit wem ich grad verkehre.
So schätze ich dich unerwartet ein.
Ich hoffe, dass es dir nicht gleichgültig wäre.

Ich sehe einen Engel vor mir stehen,
seine Gefühle hat er fest im Griff.
Er lässt sein Herz im Ruhemodus drehen.
So schätze ich dich ein.
Ich hoffe, ich täusche mich.

Ich komme nicht daran vorbei.
Ich muss mich damit konfrontieren.
Oder ich nehme deine Lebensregeln an
und werde sie gleich akzeptieren.

Lass mir doch bitte etwas Zeit,
weil Vergangenes sich immer wieder meldet.
Es fesselt mich und gibt mich nicht mehr frei.
Es denkt für mich und lässt mich so agieren.

Ich fühle mich mit dir total allein.
Warum? Wieso? Ich habe keine Ahnung.
Es kommt mir vor, du möchtest nichts von mir.
Es gibt nur Stille.

Kein warmes Wort und kaum Aufmerksamkeit.
Sehr selten sind wir jetzt zusammen.
Ob dies in deinem Sinne ganz normal ist?
In meinem? Es macht mich wieder traurig …

Vielleicht ist meine Leere daran schuld,
die ich in meinem Herzen trage.
In mir ist das Bedürfnis nach der Liebe jetzt erwacht.
Es macht sich breit
und sucht sich eine neue Aufgabe …

Du bist stets kalt und distanziert.
Du suchst woanders nach Abenteuern.
Was willst du?
Willst du was von mir?
Ob ich diese Gedanken bereuen werde?

Wohin es geht? Wonach es ruft?
Ich stehe da, wo ich schon stand.
Ich habe keine Worte, nur die Punkte,
die uns verbinden.

Ich nehme alles wahr, was du mir gabst.
Das Braun deiner Augen und deine tiefe Wärme.
Die Worte und Emotionen, die du sprachst,
und deine Melodie in leisen Tönen.

Ich bin erfüllt von dieser Nacht.
So tief ist in meine Seele noch keiner vorgedrungen.
Mein Ich war nicht für diese Zeit bereit
und hat sich selbst zurückgezogen.

Ich war nicht da, ich war mit dir.
Ich habe alles sehr genossen!
Der Raum stand leer. Die Zeit stand still.
Es gab nur mich und dich auf dem Planeten.

Ich weiß nicht, was es gewesen ist.
Ich kann es nicht benennen.
Zuneigung, Liebe, nur ein Spaß?
Mein Verstand kann nicht gleich erkennen.

Ich würde lieber schweigen, anstatt reden,
um das Gefühl der Stille zu behalten.
Es bleibt in seinen Ufern stehen.
Behält für sich, kann uns nicht alles zeigen.

Der Mond verblasst, der Tag beginnt.
Ich bin schon wach und du noch nicht.
Der letzte Tag in diesem Jahr,
ich weiß nicht, ob alles wahr.
Man hat gelebt, man hat gefühlt.
Ich habe dich kennengelernt.
Du wanderst noch durch deinen Traum.
Ob alles wahr, ich denke kaum.
Von diesem Blick in meine Weiten
bin ich berührt und angehalten.
Vieles kann ich nicht verstehen.
Wie du lebst und für mich atmest.
Wie du es sagst und mich beachtest.
Wie gut es tut, wenn du dabei bist.
Verstehe nicht, versuche nicht, genieße es.
Ich will nichts mehr, bin angekommen.
Ich will nur leben voll Emotionen.

Ich entscheide für mich,
nicht für mein Bauchgefühl,
nicht für meinen Verstand und nicht für dich.
Ich gehe zu dir auf Distanz und vergesse dich.
Du kannst es schlucken oder begrüßen,
dich freuen oder traurig sein.
Ich entscheide für mich,
für mein Selbstwertgefühl,
und du bist einfach nicht dabei.
Ich habe keine Angst allein zu sein.
Alleine sein ist nicht einsam.
Ich trage den Frühling in meinem Herzen,
und bald setzt wieder das Blühen an.

Spannungsfrei und gedankenlos.

Die Leere bis zum Abgrund,
die fröhlich warm umfangen wird.
Der Haltepunkt, die Stunde Null
ist schnell vorbei, in tiefer Dankbarkeit,
und nur Anziehung wirkt.
Berührungen beenden diese Zeit.
Ein Tropfen Schmerz, weil alles schnell vergeht.
Das Ungreifbare wird greifbar.
Das Unfassbare lässt erahnen.
Die Tiefe rückt noch näher.
Ist das zumutbar?
Was die Natur uns schenkt!
Mein Herz ist heiß, Verstand erfriert.
Es steigt ganz hoch, bis nichts mehr wird.
Es wird gleich hell und ganz, ganz still,
als ob die Sonne aufgeht.
Das Herz ist heiß und offen.
Es sendet eine liebevolle Energie.
Die Gegenwart bleibt stehen,
bevor die neue Zeit beginnt.

Ich bewerte dich aus meiner Sicht,
aus meinem Leben, immer wieder.
Ich entscheide selbst, ob du bist und wirst,
höre auf meine »Lieder«.
Ich urteile, ob es gut oder schlecht ist,
ob es traurig oder glücklich ist.
Besser wäre dich zu fragen,
wie ist es aus deiner Sicht?

Ich lasse es mit dir.
Ich habe mich schon wieder überfordert.
Mit der Erwartung und der Hoffnung,
dass alles anders wird.
Nun bin ich wieder traurig und mürrisch.
Ich ziehe mich zurück.
Die Einsamkeit ist die Erlösung.
Für mich.
Oder ob es wieder eine Täuschung ist?
Ist es nun wieder eine Rolle,
die der Vergangenheit entgleist
und mich in ihre Bahnen zieht?
Es ist ein Rätsel ohne Lösung,
das ich durchlebe ohne dich.

Vielleicht bin ich Kind meiner Mutter,
die mich in Trauer gebar?
Ich weiß noch nichts davon.
Ich muss mich deuten. So fühle ich mich geborgen.
Es ist ein Rätsel ohne Lösung,
das ich mit mir durchlebe.
Obwohl ich weiß,
ich werde hier nur Schmerz erreichen,
der mich, wie früher, in seine Bahnen zieht.
Ich habe keine Antwort auf meine Fragen.
Das Leben holt mich wieder ein,
und ich gehe mit.

Ein Gefühl der Ewigkeit, das hätte ich erleben wollen.
Mit dir zusammen, wenn du es magst?
Es gäbe keine Worte, keine Töne,
die wiedergeben können,
was man empfängt und gleich entsenden kann.
Es ist nicht mehr im Kopf und nicht im Bauch.
In meinem Herzen gibt es nur einen Hauch davon,
was man dabei wahrnimmt.
Es treten alle Sorgen weg.
Gedanken lösen sich in Staub auf.
Gefühle schwinden aus dem Herz.
Emotionen werden taub.
Der Körper trotzt nicht mehr dem Widerstand.
Der Kopf wird leicht wie eine Wolke.
Ich spüre nichts, nur die Endlichkeit.
So lange will ich nicht mehr warten.
Es ist ein Moment der Ewigkeit,
der uns den Frieden schenkt.
Es gäbe nichts, was uns dabei erwartet
oder in seinen Bahnen hält,
das dich vom Tod bewahrt,
und mit dem Universum atmen lässt.

Der Gedanke an dich hat mich aufgeweckt.
Frage mich, was dahinter steckt?
Die Sonne schläft noch, der Mond ist da.
Er erhellt den Gedanken, der mir zusteht.
Die Glocken läuten einen neuen Tag ein.
Sie jagen den Mond weg,
bevor er nicht mehr scheint.
Sie läuten im Kopf wie Gedanken an dich.
Es ist kein Swing, es ist ein Aufruf an mich.
Das Läuten ergreift mein Gemüt und meinen Geist.
Es klingt wieder aus, wenn die Sonne scheint.
Wie Gedanken an dich, mal grau, mal gelb.
Sie sind immer da,
auch wenn ich »nicht bei mir« bin.
Es muss was bedeuten, für mich und für dich.
Wie ein lautes Läuten, das mein Herz erwischt.
Wie die Sonne, die zu uns ewig scheint.
Wie der Mond, der uns mit seinem Licht ergreift.
Der Gedanke an dich kommt aus meinem Herz,
das den Mond, die Sonne
und das Glockenspiel innehalten lässt.
Wo vereint für mich die Liebe und der Zweifel lebt.
Wohin führt dein Weg, wenn du an uns denkst?
Der Gedanke an dich hält mich weiter fest.
Ich lebe damit, solange es anhält.
Ich danke dir.

Ich schreibe ein Gedicht über dich.
Was mich bei dir bewegt
und was mich traurig werden lässt.
Was du für mich bedeutest und was du wolltest.
Wie ich mich mit dir fühle und über meine Gefühle.
Über meine Emotionen und deine Reaktionen.
Ich kann mich nicht für dich freuen,
mit dir laut lachen und alles loslassen.
Ich versuche dich nach wie vor zu verstehen.
Doch ich bin gefangen,
gefangen in meinem Geschehen,
meinen Erfahrungen und Emotionen,
die mich noch prägen und fesseln.
Und in eigenen Urteilen gefangen, die ich ausspreche.
Und von mir, die ich auch nicht verstehe.
Ein Gedicht über mich hätte ich gerne geschrieben,
um dir zu zeigen, wie ich dich liebe.

Wenn wir uns sehen, reden wir wenig.
Wenn wir uns schreiben, erzählen wir alles.
Wenn wir uns streicheln, vergessen wir Zeiten.
Ohne ein Streben und Überlegen.
Wenn es vorbei ist, leben wir weiter.
Ohne Misstrauen, mit viel Vertrauen.
Wenn du nicht da bist, bist du »in mir«.
Wie eine Erkenntnis von mir zu dir.
Was uns verbindet, wenn wir zusammen sind?
Die Antwort darauf kennen wir nicht.

Ich möchte daran glauben,
dass du fühlst, so wie du denkst.
Ich fasse Vertrauen und lasse dich herein.
Du bist nicht hier, du bist in meinem Kopf,
in meinem Herz.
Ich nehme dich an und lasse los.
Du bist frei für Leben und Tod,
für Lust und Schmerz, für Sonne und Mond
und für dich selbst.

Ich hoffe, du verstehst mich.
Ich fasse Vertrauen und ich glaube an mich.
Es ist ein schönes Gefühl, mit sich vereint zu sein,
da das wahre Glück nur bei mir beginnt, daheim.

Ich will zu dir Distanz, Abstand gewinnen.
Ich möchte keine Nachrichten von dir.
Die Zeit – mein Freund, und ich bin ein Gewinner.
In meiner Matrix über mich und dich.

Ich möchte dich in meinem Herzen tragen.
An dich mehr denken, bis der Tag vergeht.
Du lässt es nicht, ich denke: Mein Versagen.
In deinem Herzen ist kein Platz für mich.

Mit diesem Drama will ich nicht mehr leben.
Du bist so weit und ich bin immer ich.
Ich lasse dich in meine Träume wagen.
Und in der Wirklichkeit verzichte ich auf dich.

Wenn du kommst und dann bleibst.
Wenn du schläfst und dann gehst.
Ich möchte, dass du es weißt.
Wie es sich anfühlt, wenn du mich berührst.
Ich bin ein Hauch von dir,
wenn du bei mir bist.

Die Wintersonne färbt die nackten Bäume rot.
Der Himmel spendet keine Farbe.
Die Tage scheinen mir zu lang zu sein,
die Nächte viel zu kurz.
Gedanken sind zu stramm geworden,
sie unterdrücken mich.
Ich hole nach wie vor mein Handy raus.

Es ist das geistige Gefängnis.
Ich suche nach Bestätigung und Anerkennung.
Ich warte auf dich,
obwohl ich nicht mehr warten will.
Ich will es nicht.

Die Beine kann ich nicht mehr heben.
Den Kopf will ich nicht zum Himmel strecken.
Die Schulter sind in einem Knoten gebunden.
Ich kann nicht gerade gehen.
Mein Atem ist flach geworden.
Gedanken ziehen mich zum Boden.

Ich zähle nicht mehr die Tage.
Ich möchte keine Niederlage.
Ich habe keine Kraft, um mich zu erheben.
Der Gedanke an dich kann nicht auferstehen.

Ich werde nicht mehr ans uns denken.
Du bist raus aus meinem Gedächtnis.
Dein Gesicht, deine Lippen, deinen Körper
werde ich schwarz anmalen,
damit du in meiner Vorstellung
nicht mehr auftauchst.

Dein Geruch, deine Gestik und die Wärme
nehme ich nicht wahr.
Da mich alles verrückt macht.
Ich verschwinde aus meinem Leben,
damit es dich für mich nicht mehr gibt.

Abschiedssonntag

Ich habe lang um dich gerungen.
Ich habe mich an dich gebunden,
weil ich dein Herz begreifen wollte.
Ich wollte innen meinen Platz einnehmen.
Und jedes Mal wurde ich zurückgeworfen,
wie ein einsamer kalter Schauer am Morgen.
Du hast mir deinen Geist nie anvertraut.
Vielleicht war es für dich ein Spiel und kein Traum.
Vielleicht bist du ein Engel,
der oben fliegt und selten landet.
Du hast mein Herz nie angesprochen.
Dein Körper hat mich sehr berührt,
dein Geist blieb mir für immer unverstanden.
Ich habe dir geglaubt,
und die Wahrheit für mich verdrängt.
Jetzt möchte ich aus dem Gefängnis herauskommen.
Ich wurde vom Schmerz und der Wut begleitet.
Für dich gibt jetzt nur den Applaus,
weil ich dein Engel bin, und du mein Teufel bist.
Es ist ein Schritt in die Freiheit.
Das mache ich, FÜR MICH.

Ich habe mich gefragt, warum mit dir …?
In diesem Lebenskreis kommst du
am Ende der Enttäuschung,
aus irgendeinem Nichts.
Die Hoffnung hat damit nicht mehr gerechnet.

Mit dir ist alles anders.
Ich stelle mir nichts vor.
Von dir erwarte ich wohl kaum etwas.
Ich schließe jedes Wunder aus.
Gedanklich kann ich es nicht erfassen.
Im Geiste kann ich nicht begreifen.

Warum mit dir was Neues gleich erleben?
Wie schwer es anzunehmen ist,
dir ohne die Erwartung zu begegnen.
Die alten Bilder zu vergessen,
sich von nichts beeinflussen lassen
und dich jedes Mal aufs Neue kennenlernen.

Ich wollte raus, meinem Gefühl entgegen,
aus dem alten Haus aus Unmut und Reden,
aus der alten Wohnung mit traurigen Tapeten,
aus meinem Herzen in die neuen Welten.
Ich wollte hin,
wo ich alleine nicht hinkommen werde.
Dort sind alle zu zweit,
an diesem besten Ort auf der Erde.

Ich war naiv und habe an die Liebe geglaubt.
All meine Gefühle habe ich dir anvertraut.
Nur die besten Emotionen konntest du erleben.
Meine Gedanken legte ich in deine schönen Hände,
damit du spürst, wie schön es, geliebt zu sein.
Und so angenommen zu sein,
wie dein Geist es hergäbe.

Die Tür vom Haus blieb immer offen.
Wir gingen raus, jeder seine Sorgen.
Ich kehrte wieder zurück,
wo ich auf dich gerne gewartet habe.
Ich hatte das Gefühl, es würde so weitergehen.
In meinem Kopf gab es keine anderen Wege.
In meinem Herz herrschte nur pure Freude!

Unsere Zeit ist vergangen.
Ich möchte jetzt nichts bereuen
und nicht darüber weinen.
Der Nebel steht, wenn ich rausgehe,
ein bunter grünblauer Nebel.
Irgendwann wird er sich zerstreuen.
Ich weiß genau, wofür ich lebe.
Der Nebel wird zum Wasser werden,
und uns wieder neu vereinen.
Ich weiß genau, wofür ich weine.

Du willst nichts von mir.
Du lässt mich einfach leben.
Du gibst mir so viel Freiheit.
Ich kann damit kaum umgehen.

Ich will dich so gerne behalten.
Du nimmst von mir nichts an.
Du setzt mich nicht unter Druck.
Ich bin mit dir wirklich frei.

Ich habe Angst enttäuscht zu werden.
Ich bin nicht selbstbewusst genug.
Mit diesem Schmerz tagein, tagaus leben.
Und so zu tun, als ob es wieder stimmt.
Meine Gefühle zeigen
Enttäuschung, Trauer und Wut.
Wer will es sehen?
Wer kann es verstehen?
Wer wird mir es wegnehmen?
Man lebt damit, solange es vergeht,
verschwindet in dunklen Schatten der Vergangenheit.
Es gibt kein Mittel gegen Trauer und Schmerz,
wenn Hoffnung schwindet, und die Welt zerbricht.
Es gibt nichts mehr, womit man es ersetzt,
damit mein Geist beruhigt wird,
damit für mich die Liebe lebt,
und der Schmerz vergeht.

Ich will dich spüren und nicht daran denken.
Ich will dich sehen und mir dich
nicht mehr vorstellen.
Ich will nicht warten, bevor du dich meldest.
Ich will mit dir anfangen zu leben.
Ob du das möchtest, kann ich nicht entscheiden.
Ich werde hoffen und auf dich warten.

Was ist die Liebe?
Ich habe sie noch nie gesehen.
Ob ich sie erkenne, wenn sie über mich herfällt?
Ist es eine große Freude oder großer Schmerz?
Was sagt dein Herz?

Wie leicht es mit dir ist,
so fühlt es sich schwer an, allein zu sein.
Wie ein Schatten meines Ichs, der ewige Begleiter.
Wie eine Zwillingsschwester für den Tag,
der einem Leben gleicht.
Dein Lächeln hat mich morgens sanft begrüßt.
Die schöne Wärme hat das Herz erwachen lassen.
Die Liebeszeile drang so tief hinein,
und hat den Geist in seinen Träumen wachgehalten.
Der Tag läuft parallel an mir vorbei.
Alles scheint im Nebel ganz verschwunden:
das Zeitgefühl, die Körperschwere und mein Geist,
der mit dem Nebel über die Erde schwebt, so leicht,
als wäre es ein Traum.
Doch das Leben läutet aufdringlich herein.
Das Gute und das Böse wird vertrieben.
Was übrig bleibt, die Narben auf dem Weg
in die Vergangenheit.
Vielleicht Gedanken und Emotionen,
die holen wir hervor,
um uns mit uns auf ewig zu versöhnen.

Es fühlt sich an, als ob vorher gar nichts gewesen wäre.
Die Ruhe kehrt langsam zurück.
Der Schein des Mondes wird mit der Sonne heller.
Obwohl es in der Natur anders gewesen ist.
Die Wärme der Begegnung schwindet …
in das Morgenlicht.
Die guten und die bösen Geister verlassen uns.
Sie ziehen weiter.
Dein Blick, mein Blick – sie treffen sich,
die Augen erzählen weiter darüber,
was die Lippen jetzt verschweigen.
Geheimnisse der Liebe?
Das Lächeln … wird wie Seide dünner.
Es ist vorbei, obwohl das Spiel vor kurzem erst geschah.
Es scheint sich alles mit der Zeit vermischt zu haben.
Und tropft langsam in die Vergangenheit.
Als gäbe es eine unsichtbare Kraft,
die uns die Zeit und das Gefühl geraubt hätte …
Es ist der Lauf der Natur, dagegen sind wir nur Poeten.

Ich versetze mich in diese Welt
In diese Zeit, die nur für uns vergangen.
In das Gefühl, das uns verband,
ohne Bedenken, ohne Bangen.
Die Blume wird vom Sonnenlicht geweckt.
Sie öffnet friedlich ihre Blüte.
Die Süße und der Duft verführt,
wie deine Hände in der Morgenröte.
Die Lippen brennen in den Tag hinein.
Die Augen entlocken die Sehnsüchte.
Es ist alles da, was gerade war.
Es wird noch mehr, wenn wir es mögen.

Ich gehe oft zu dir zurück.
Ich drehe mich in diesem Kreise.
Vielleicht wäre es nur mein Glück,
das ich gern willkommen heiße.

Entsteht das Leben aus nichts?
Entstehen wir aus den Gefühlen?
Es wäre nur ein Augenblick,
der uns verführt, damit wir fühlen.

Wie zwei Gestirne, die sich so ähnlich sind
und doch verschieden.
Wie Gegensätze, die sich in ewiger Bewegung
zusammenziehen, um niemals eins zu werden.
Wie Licht und Schatten,
die nicht alleine existieren können.
Für immer nur getrennt,

vereinen sie sich für den Moment der Wirklichkeit.
Wie Wege zum Horizont,
die niemals dort ankommen werden.
Wie du und ich – wir bleiben hier,
im eigenen Verständnis des Agierens.
Allein für sich und offen für den anderen.
Man ist ein Bildnis von der Welt,
die uns umfasst, die uns mitreißt,
zerstört und wieder aufstehen lässt.
Man ist mit sich und doch getrennt in einem Kreis,
der sich nie schließen kann,
und immer dich nach außen verführt,
damit die Rückkehr noch angenehmer wird.

Es ist ein Traum im meinen Kopf,
der sich leise vor sich hin bewegt.
Ich sage nichts, weil ich daran nicht glaube,
und weil der Zweifel größer ist.
Es werden Tage, Wochen oder Jahre schwinden.
Ich werde fühlen, ob es Liebe war.
Ob du dabei bist, werd ich nicht erfahren,
weil irgendwann die Zeit vorübergehen wird.
Die wahre Liebe habe ich nicht erfahren.
Ein solches Leben habe ich nicht gelebt.
Ich weiß noch immer nicht, ob es ein Traum ist,
der sich leise vor sich hin bewegt.

Sehnsucht

Sie ist immer da, die Sehnsucht nach dir.
Wenn ich aufwache, atmet sie in mir.
Versteckt im Geist, wird langsam sichtbar.
Wie ein altes Foto wird sie »ins Wasser gelegt«
und allmählich zum Sehen erweckt.

Sie ist immer da, die Sehnsucht nach dir.
Wenn ich schlafen gehe, begleitet sie mich.
Versteckt im Geist, wird langsam spürbar,
da die Erinnerung an dich immer da ist.
Wie eine leichte Brise kühlt sie mich wieder ab,
nimmt den Schleier mit, macht die Seele wach.
Die Sehnsucht nach dir weckt die Bilder in mir,
die Motive und Skizzen auf klarem Papier.
Mit feinem Stift zeichne ich das Gefühl ab,
fast unsichtbar, berührt sanft die Haut.
Sie lässt nur erahnen, was gewesen ist.
Die Sehnsucht nach dir ist wie ein Teil von mir,
sie hält mich fest, sie berührt mein Gesicht.
Mit einem Gewand deckt sie mich liebevoll zu,
und lässt oft keine Ruhe in mir.

Ich will, dass Sehnsucht nach dir
mir keine Ruhe gewährt.
Mich ergreift, wenn die Strähne
meine Sicht verdeckt.
Meine Augen weinen lässt,
wenn die Trauer mir den Atem versperrt.
Macht meinen Körper schwer,
wie ein Stein auf dem Weg,
wenn ich zu dir will und es gerade nicht geht.

Ich bin verwurzelt im Leben,
weil ich nicht anders werden will.
Meine Sehnsucht ist da.
Sie gehört zu mir.
Sie ist unsichtbar, sie lebt in mir.
Sie lässt nur erahnen, was erleben wir,
wenn das Gefühl uns umarmt
und zum Licht wird.

Es ist vergangen, was vergehen sollte –
die Jahre und die Träume –
umhüllt von allen Sorgen.
Der Abschied ist nicht glaubwürdig, nicht real.
Der Trennungsschmerz pocht noch.
Ernüchternd und erschütternd
grollen die Gefühle auf,
tausend Schlagzeugen ähnlich.
Es ist nur ein Moment, wenn die Seele sich spürt,
und die Gedanken aufrollen,
um sich an den Emotionen zu zerschlagen.
Wie Wellen, die sich schäumen,
um sich im nächsten Augenblick an Dünen
zerschlagen zu wollen,
und gleich im Sand für immer zu verschwinden.
Es ist nur ein Moment, wenn die Gefühle sterben,
weil niemand sie versucht zu retten,
weil keiner mehr Gefühle braucht.
Ich bin nur da.
Der Wind verweht die Haare, wie meine Träume,
weg von diesen Jahren.

Mir geht es mit dir so gut.
Die Nächte sind zu kurz,
der Tag bringt meinen Traum durcheinander.
Die Zeit versinkt in der Erfahrung.
Minuten bis zum Aufbruch genieße ich
mit einer Prise Mut und leichter Trauer.
Du trinkst den Kaffee, ich – meinen Tee.
Es ist vorbei, der Alltag ruft.
Aus der Tiefe der Vernunft entflieht
der Eifer der Wahrnehmung.
Ich bin erstarrt, die Zeit bleibt stehen.
Als ob Millionen Schneeflocken
langsam die Welt bedecken.
Es ist vorbei.
Die Morgensonne blendet Formen aus.
Ich höre keine Töne.
Dein Blick entschwindet meiner Sicht.
Die Farben der Gefühle verblassen auf dieser Seite.
Nur weiße Spuren sind zurückgeblieben.
Es wird gleich kälter, farblos und nicht mehr wirklich.
Die meine-deine Welt hat ihre Pforten
jetzt geschlossen.
Nur meine Überwindung zählt.
Ich schlage jetzt die nächste Seite um.
Der Tag beginnt,
und bringt den Traum durcheinander.
Wir müssen fort. Das »wahre« Leben ruft.

Wenn du mich in Ruhe lässt,
werde ich meinen Frieden finden.
Wenn du mich nicht mehr anrufst,
lasse ich das Handy liegen.
Wenn du mit mir nicht mehr schreibst,
vergesse ich die Worte.
Die Erinnerung verblasst an unsere Orte.
Wenn du mich verlassen willst,
halte ich dich nicht auf.
Du bist frei von mir für dich. Ich stehe wieder auf!

Die Zeit ist um.
Ich sehe nur den Himmel.
Mein letzter Halt, der mich annimmt.
Das Leben steht jetzt hinter mir.
Sie ist im Dienste der Natur vergangen.
Es war meistens nur ein Schauspiel,
und all die Rollen habe ich gemeistert.
Es wäre jetzt die letzte.
Dabei zuschauen und währenddessen teilzunehmen –
Ist das mein Los gewesen?
Es wäre besser einfach zu leben.
Es wäre besser sich wahrnehmen
und keine Kompromisse einzugehen.
Doch diese Kunst blieb mir verborgen.

Mit Schmerz und Druck und Einsamkeit,
im Raum ohne Form und Zeit,
ergreift mich die Vergangenheit.
Sie bleibt jetzt stehen.
Verleiht mir die Unfähigkeit,
um mich herum zu sehen.
In meinem Kopf sind Schläge.
Die Glocken melden sich zu Wort.
Getröstet klingt der Ton und monoton,
wie die Gedanken früh am Morgen.
Sie krümmen sich und fühlen sich betrogen.
In dieser Zeit – den Schatten von der Blüte –
die Stille und der Schrei bringt nichts,
nur Selbstmitleid.

Durch Schmerz und Druck und Einsamkeit,
durch alle meine Niederlagen.
Durch deine böse Art,
wie du dich selbst entfernt hast.
Wie du mit Schweigen über unsere Zeit
einen Fluch gelegt.
Gefühle und Zärtlichkeiten sind nichts mehr wert.
Gelogen waren deine Zeilen.
Es brennt in der Brust.
Ich stehe es durch.
Die Zeit zieht an mir vorüber.

Ich bin dir sehr dankbar dafür,
dass du mich weggestoßen hast.
Es war wie ein neuer Aufbruch in andere Weiten.
Es war wie ein Aufwachen früh am Morgen.
Ich habe mich gespürt,
als wäre ich noch mal geboren.
Mit Schmerz und Angst vor der großen Welt,
mit bitteren Tränen in den Augen,
versuche ich mit einem tiefen Glaube
den Trennungsschmerz jetzt zu umarmen.
Ich kann mich noch nicht freuen und genießen.
Die Asche der Vergangenheit bedeckt mein Herz.
Ich hoffe für mich, ich werde nichts vermissen,
wenn diese Zeit zu Ende ist.
Es fällt mir schwer, den Tag zu sehen,
voranzugehen ohne klares Licht.
Ich kann mich in der Situation
nicht gut verstehen.
Ich lebe nicht, ich existiere nur.

Es war ein Flug durch die Enttäuschung,
Liebe und Verzweiflung.
Es war ein Akt.
Du nahmst in mir viel Platz,
obwohl die inneren Wahrheiten schon längst
in meiner Seele Alarm geschlagen haben.
Es war ein Märchen,
das mich aus der Vergangenheit noch tief ergreift.
Es war nicht wahr. Das Ziel hat an Inhalt verloren.

Ich weiß, ich konnte deiner Liebe nicht standhalten.
Mein Traum war wie Leben ohne Halten,
ohne Vernunft und Widerstand.
In meiner Seele bist du ein Wesen,
in der realen Welt nur die Erinnerung an jene Zeit,
die ich mir nicht zu erträumen wagte.
Was man nicht kennt, bleibt uns verborgen.
Gedanken haben keine Macht, das zu verstehen,
Gefühle bleiben stumm. Sie können nichts erleben.

Du bist präsent,
obwohl es dich hier nicht mehr geben wird.
Die »Toten« kehren nicht zurück.
Sie bleiben da. Sie haben sich »ergeben«.
Ich muss mich auch still ergeben.
Ich muss die Wirklichkeit annehmen.
Der Tag klopft jetzt an meine Tür.
Er will mich mit Enttäuschung nicht beschweren.
Begnadet ist jeder Mensch, der es annimmt,
als wäre es nur ein Augenblick des Lebens,
der nächste kommt bestimmt.

Vergissmeinnicht.

Es gibt die Liebe auf der Welt,
die dem Vergessen nicht entfällt.
Sie taucht immer wieder auf,
wenn man im Herzen sie gebraucht.
Wenn alte Bilder aufkommen,
und neue sind noch nicht vollkommen.
Wenn man nach Nähe und Zuneigung sucht,
sind die Erinnerungen eine Flucht.

Abschied.
Er hat mich in die Welt des Schmerzes mitgerissen,
dorthin, wo meine Seele allein nicht atmen kann.
Sie fühlt sich eng an,
mit einem großen Stein am Ausgang bedeckt.
Gefühle stehen jetzt im Stau.
Es gibt kein Licht.
Am Ende herrscht nur Schmerz und Grau.

Abschied.
Er hat mir den Einblick dorthin beschert,
wo ich den Drang zum Leben
und zum Lieben erst wahrnahm.
Wenn ich mit allen meinen Sinnen
hochgestiegen bin,
verblendet von Gefühlen und Emotionen,
weil es etwas anderes nicht gab.
Dorthin, wo die Gefühle
nicht mehr zu träumen brauchen.
Dafür bekommen sie umsonst,
was in der Seele noch lebt,
weil sie sich etwas Neues wagen,
sie lassen Angst und Zweifel hinter sich.

Abschied.
Mit einem Schlag sind die Gefühle nicht mehr wahr.
Ab jetzt sind sie der Seele nur fremd.
Ab jetzt fühlen sie sich verlassen, getrennt, zerteilt
und nicht mehr eins.
Es weint mein Kind in mir darüber,
es findet keinen Trost,
schon gibt es wieder keine Liebe!

Du bist gegangen in der Nacht,
die nur für uns gemacht gewesen war.
Allein, ohne Begleitung,
nur die Sterne und der Schein des Mondes
gaben mir Trost in diesen Stunden.

Die Schritte haben nachgehallt.
Die Tür geknallt, ich war hellhörig.
Abschied. Ich hatte ihn so nicht gewollt.
Für dich, vielleicht, ist es gut gewesen.

Die Lebenszeit mit dir ist jetzt vergangen.
Dein Stern erlöscht,
nur Licht von ihm wird noch von mir empfangen.
Ist dein Gefühl vertrocknet?
Ich bin jetzt ohne dich.
Die Liebe, das Vergissmeinnicht,
auch wenn die Zeit die Blumen
zum Vertrocknen zwingt.

Du warst entschlossen,
denn die Hoffnung und alle Versprechen
verlieren an Inhalt in dieser Nacht,
wenn der Geist der Liebe deine Seele verlässt,
und meine mit dem schweren Fluch belegt.
Es fühlt sich an, als ob ein Teil von mir
dir hinterhergegangen ist.
Ohne ein Ziel und … ohne Hoffnung,
weil alles schon vergangen ist.

Ist das zumutbar?
Was die Natur uns schenkt!
Mein Herz ist heiß, Verstand erfriert.
Es steigt ganz hoch, bis nichts mehr wird.
Es wird gleich hell und ganz, ganz still,
als ob die Sonne aufgeht.
Das Herz ist heiß und voll.
Es sendet eine liebevolle Energie.
Die Gegenwart bleibt stehen,
bevor die neue Zeit beginnt.

Es ist schade um die vergangenen Tage,
um die starken Emotionen und meine Gedanken.
Jetzt verstehe ich, warum dir egal ist,
was ich mache, wo und mit wem ich gerade bin.
Von diesem Wissen wird mein Herz
nur heute zerrissen.
Morgen werde ich dich nicht mehr vermissen.

Es ist für dich zu spät.
Ich bereue es nicht.
Es ist mit uns vorbei!
Ich bin für mich wieder frei!
Zwischen deinen Terminen leben zu müssen
ist nicht mein Schicksal.
Ich bedaure nichts.
Es ist ein Leben mit dir – ohne dich.
Ich erträume mir ein anders Leben,
auf einem anderen Stern,
wo es keinen Zweifel gibt.
Wo die Liebe für uns zwei existiert,
und die Welt so gut ist.

Ich mache mir nichts draus.
Ich nehme es mit kühlem Kopf.
Mit der Distanz, die ich jetzt brauche,
mit dem Verstand, der wenig sagt.
Einfach so schön, wie es sein kann.
Einfach unheimlich sinnlich, emotional.
Es war natürlich,
wie der Mond die Sonne verabschiedet.
Wie ein neuer Morgen seinen Tag begrüßt.
Wie Vögel, die ihr Lied jetzt singen
und freuen sich auf den neuen Tag.
Es sind die wunderbare Augenblicke,
die die Zeit mit dir mir einfach schenkt.
Sie werde ich sehr oft vermissen,
wenn unser Leben anders wird.

Ich möchte unsere Welt nicht verlassen.
Ich möchte dich nicht gehen lassen.
Mein Märchen soll so weitergehen.
Im tiefen Universum des Geschehens.

Ich will nicht, dass ein neuer Tag beginnt,
und alles in die Ewigkeit versinkt.
Ich will mein Märchen weiterleben.
Im tiefen Traum des Geschehens.
Ich brauche dort keine Wunder, Hexen oder Magie,
keine Versprechen und kein gutes Ende.
Nichts soll in der Zukunft sein.
Es soll so weitergehen.
Das Leben soll zum Märchen werden!

Ich weiß, dass die Trennung und das Warten
wie zwei Wächter alles überwachen.
Ich weiß, die Freude wechselt mit Verzweiflung ab.
Obwohl im Moment alles so perfekt scheint.

Es fehlt mir das Selbstbewusstsein für dich.
Zerfressen von Gedanken und Gefühlen,
ich weiß, dass auch dieser Augenblick vergeht.
Der Frieden wird mich neu erfüllen.

Ich nehme von dir Abschied in deiner Stille,
die mich tötet.
Verstehen kannst du leider nicht.
Mein Schmerz hat ein anderes Gesicht.
In dein Schweigen kann ich alles reininterpretieren.

Es bringt mir nichts, zu leiden und zu hoffen,
dass irgendwann und irgendwo passiert,
worauf ich so lange warte.
Den Frieden suche ich in mir.
Und hoffe, du hast ihn gefunden.

Ob du mir immer deine Wahrheit überbrachtest?
Vertrauen hat auch seine Grenzen.
Ich baue die Brücken ab,
die uns die Wege zueinander erst ermöglicht haben.

Vermutlich hat dein Schweigen einen Sinn.
Für mich bleibt er verborgen.
Ich habe noch viel Angst, ich selbst zu sein
und offen in den nächsten Morgen zu schauen.

Ich wollte es lange nicht annehmen.
Ein Opfer der Gefühle sein.
Es gilt für mich, jetzt aufzustehen.
Ich werde von dir irgendwann endgültig frei sein.

Es steigen Wellen, heulen Winde,
die Berge halten nicht mehr stand.
Die menschliche Gefühle schwinden.
Sie werden auf Ewigkeit verdammt.

Es scheint mir alles fremd zu sein.
Die Kälte meiner Seele, der Geist der Hoffnung
und das Phantom der Liebe.
Sie reißen sich um die Gegenwart,
der Mensch allein, er steht daneben.
Der Mensch, weil er die Trauer nicht mag.
Er würde sich davon entfernen,
und die Gefühle schmeißen in die Schlucht,
damit sie da endgültig sterben.

Wo ist nun diese Schlucht? In irgendeiner Ferne?
In meiner Seele vielleicht?
Ich musst sie überqueren, in meiner Sucht der Trauer.
Die Schlucht heißt Liebesschmerz,
Enttäuschung, Wut.

Die schlimmste Apokalypse
nimmt der Mensch gelassen an.
Und denkt dabei, es wäre nur die letzte.

Das Leben wird zu Asche
und löst sich in dem feinen Sand.
Es ist uns längst bekannt.
Doch der Mensch erlebt sich nie vergänglich.
Er träumt und hofft für seine Ewigkeit.

Du hast die Zeit für dich gehabt.
Die besten Jahre meines Lebens.
Du hast die Liebe nicht erkannt.
Meine Zuneigung war vergebens.

Du hast mir deine Liebesfreude nie gezeigt.
Sie stand nicht auf deinem Tagesplan.
Ob du noch wirklich lieben kannst?
Die Frage bleibt ohne Antwort.

Es zählt nichts mehr, nur das,
was uns für unsere Zeit verband.
Danach blieb meine Liebe auf der Strecke stehen.
Mit tiefer Trauer und Tränen
geht sie ihrem Untergang entgegen.
Abschied von meinem Traum. Es ist wahr!

Die Stürme stehen schon bereit,
die Liebe zu zerreißen,
in tausende bunte Schnipsel teilen.
Die Winde wehen Reste aus meiner Mitte aus –
in meinem Auftrag der Reue.
Aus diesen wunderbaren Samen
werden Blumen wachsen,
für wenige, die nichts bereuen.

Ich kann die Zeit mit dir nicht aufhalten.
Das Leben wird einmal vorüber sein.
Ob glücklich, schmerzhaft oder traurig –
ist es Schicksal, Charakter oder ein Zufall?
Ich suche lange nach Gefühlen, die mich umgeben,
wenn ich mich verabschieden muss.
Die alte Zeit ist längst vergangen.
Die neue ist von wenig Wichtigkeit.
Wovon ich denke, träume oder fühle
ist schnell vergänglich, oder verliert an Inhalt.
Ich weiß nicht wirklich,
was soll es noch im Leben geben,
was mir Kraft und Halt verleiht?
Die Werte sind vergänglich, wie Gefühle.
Sie sterben schnell, wenn eine neue Zeit beginnt.
Rasant geschieht das Leben.
Es bleibt für uns kaum noch Zeit!
Ob wir noch leben oder existieren,
wo liegt der Unterschied?
Mit Sinn oder Unsinn geschieht das Leben,
es bleibt zurück, was schnell vergeht.
All die Weisheiten, die mich prägen, verraten nichts.
Man ist sich selbst der Herr.
Ich frage mich zunehmend: Was ist das Leben?
Ist es Schicksal, Charakter oder ein Zufall?

Sorge dich nicht, die Jahre vergehen.
Es wäre langweilig, ewig jung hier zu sein.
Unsere eigene Welt dem Traum vergeben,
und nicht mit dem Leben erfahren zu sein.

Es wäre langweilig,
die Welt nicht begreifen zu wollen,
mit Drogen und Wein, mit Liebe und Lust.
In ewigen Wogen sich mal nicht verloren zu fühlen,
und Menschen erfahren mit Freude und Frust.

Es wäre langweilig, nur eine Straße zu gehen,
passiv beobachten, was alles geschieht.
Mit all ihren Häusern, mit all ihren Leuten,
die ringen darum, was ihnen noch »fehlt«.

Und eines Tages auferstehen,
mit einen Gefühl überkommen zu sein,
dass alles für immer verlorengegangen.
Es war nichts umsonst, doch vieles ist vorbei.

Sorge dich nicht, die Jahre vergehen.
Du kannst sie nicht fassen. Sie haben ihre Zeit.
Die Jahre sind Träume, die Blicke des Lebens.
Die wir selbst erfinden, weil Wahrheit uns fehlt.

Die »ewige Jugend« muss vieles erfahren.
Sie ringt nicht um Leben. Ist Zeit ohne Rast.
Sie lässt sich entführen, ertrinken, ertragen.
Sie kann aufgeben, von vorne anfangen.
Sie hat noch »viel Zeit«!
Sie kennt kaum Zweifel, die Jahre vergehen.
Es ist ihr Schicksal. Es ist die Wahrheit.

Die »ewige Jugend« hat Weite und Flügel.
Sie lebt dieses Leben mit wenig Rücksicht.
Sie lernt ihre Grenzen, ihr fehlt das Bedauern.
Sie tappt oft im Dunkeln, sie dreht sich um nichts.

Es sind die Gedanken, sie können nicht schlafen,
sie sind ewig da, ob du willst oder nicht.
Meine Gedanken, von Freude und Trauer …
Sie sind ein Gebilde in jeder Hinsicht.
Es sind meine Falten, die Zeugen des Lebens,
ergreifen meinen Geist, meinen Verstand,
mein Gesicht.
Wir wollen nicht anders …
Das Leben geschieht uns, wie wir es empfangen.
Wir geben ihm Chancen, es zahlt uns zurück.
Ob das Leben uns regiert, ob wir es nur leben,
ich hätte die Antwort, für dich und für mich.

Wir leben und fühlen wie damals mit zwanzig,
mit Höhen und Tiefen, mit Freude und Frust.
Es hat nichts geändert.
Die Zeit ist der Wächter.
Das Leben regiert uns »vom Traum zum Glück«.

Wir suchen nach Frieden, empfangen mehr Tiefe.
Wir üben Vertrauen in sich und in die Welt.
Wir hoffen, der Weg wird noch lange andauern.
Wir sind voller Kraft, aber etwas fehlt uns …

Wir nehmen Entbehrung und Tod mehr in Kauf,
Verluste und Zweifel sind Begleiter von uns.
Das ist unsere Zeit, man soll ihr vertrauen.
Darin steckt Erfüllung, wonach jeder sich sehnt.

Die Jahre vergehen, sie sind nicht so wichtig.
Es sind nur die Zahlen auf weißem Papier.
Wir sind hier die Herren davon, was uns geschieht.
Es sind nur Gedanken. Sie besuchen mich jetzt.

Der deutsche lyrik verlag (dlv) ist ein Imprint
der Karin Fischer Verlag GmbH, Aachen.

Besuchen Sie uns im Internet:
www.deutscher-lyrik-verlag.de
www.karin-fischer-verlag.de

FSC
www.fsc.org
MIX
Papier aus verantwortungsvollen Quellen
FSC® C083411

*Bibliografische Information
der Deutschen Nationalbibliothek*
Die Deutsche Nationalbibliothek verzeichnet
diese Publikation in der Deutschen Nationalbibliografie;
detaillierte bibliografische Daten sind im Internet über
http://dnb.d-nb.de abrufbar.

ISBN 978-3-8422-4834-2

Covergestaltung © Vogelsang Design
unter Verwendung einer Fotografie von © pixabay

Gesamtgestaltung: mo-rom

Hergestellt in Deutschland